EL MICALET GALÀCTIC

Quina canya de tisora!

Mercé Viana

Dibuixos de Miquel Àngel Giner

edicions
bromera

Una decisió amb precisió

De Carles es podria dir que quasi va nàixer orfe. La pobra criatura mai no havia conegut el caliu d'una casa, els càntics d'una mare o les carícies d'un pare.

Les imatges que la seua memòria guardava no eren diferents de les que vivia un dia rere l'altre, perquè mai no havia viscut fora de l'edifici gran, vell i humit, situat als afores de la ciutat, ni tampoc havia gaudit de més família que els altres xiquets i xiquetes que, com ell, habitaven aquell casalot. Tot el que sabia de la seua nissaga era que el pare havia estat jardiner i que la mare havia mort arran del seu naixement. El pare, això li contaren, no havia pogut superar la falta de la seua esposa i, al cap d'uns quants mesos, també va morir.

Alguns dels seus companys de dormitori sí que havien gaudit durant alguns anys d'un pare o d'una mare fins que la mort els havia conduït sense cap altra alternativa a ingressar en la Casa dels Orfes –així és com es deia l'edifici gran, vell i humit–. Carles els demanava una i mil vegades que li contaren com era una mare o un pare, quines coses feien junts o com era la casa on jugaven amb els amics o amigues... D'aquesta manera, la criatura tractava de reviure, com si ell fóra el protagonista, les anècdotes que els companys li contaven.

Carles només veia els carrers de la ciutat el diumenge al matí, quan el director els permetia anar-hi a passejar, sempre de dos en dos i sense eixir-se'n de la filera. Era el millor dia de la setmana. Els xiquets i les xiquetes de la casota l'esperaven amb deler, amb una il·lusió renovada al llarg dels altres sis dies.

Cada matí de diumenge, Carles passava pels mateixos carrers, recorria les mateixes places i mirava les mateixes cases amb la mateixa emoció de sempre, com si fóra la primera vegada que ho feia. De tant en tant, veia algun xiquet de la seua edat agafat de la mà d'una persona gran i a Carles se li n'anaven els ulls al darrere i un gest malenconiós i trist ocupava el seu rostre.

La resta de la setmana era sempre igual, sense sorpreses. El xiquet anava a classe, feia el que li manaven i llegia una vegada i una altra els contes que hi havia a la biblioteca de la Casa dels Orfes. Se'ls sabia de memòria, però tampoc això no li importava massa.

A través de les pàgines d'aquells llibres s'imaginava una Caputxeta Vermella jugant pels boscos, un llop famolenc intentant menjar-se les cabretes mentre esperaven la mare o aquell xiquet tan menudet tan menudet que tothom el coneixia com a Patufet. Com vivia les històries! Com desitjava visitar els llocs que veia a través dels dibuixos, a través de les imatges que li suggerien les lectures!

Prompte començà a rondar-lo una idea que no el deixava dormir a les nits: fugir d'aquella casa grisa i trista per buscar els indrets dels contes, per trobar algú que l'estimara i que l'agafara per la mà per anar a passejar cada diumenge al matí...

Passaren alguns anys i, el dia que en va complir dotze, preparà la fugida.

–Me n'aniré el proper diumenge, quan el director s'haja adormit.

I aquell mateix diumenge, quan els companys del dormitori havien entrat al món dels somnis, Carles s'alçà del llit, es vestí de pressa, agafà un llençol i, després de doblegar-lo, el convertí en una mena de farcell on guardà les escasses propietats que tenia: una pedra quasi transparent, una foto que es va trobar durant un passeig, un llibre que li va regalar el darrer Nadal una senyora molt elegant i important que els va visitar, i l'altre equip de vestir de què disposava. Seguidament, baixà les escales que el conduïen a l'entrada de l'edifici i es dirigí a la porta. Intentà obrir-la, però no va poder. Estava tancada i ben tancada amb pany i clau. Carles no comptava amb això. Amb el desconcert a l'ànima, notà que li creixia un nus a la gola i, quasi de seguida, dues llàgrimes brollaren dels seus ulls negres com la nit. Ja es disposava a tornar al dormitori quan li va vindre al cap que les claus devien estar al despatx del director.

–Com no se m'havia acudit abans? Només he d'anar-hi i agafar-les.

El xiquet, sempre vigilant, féu cap al despatx del director, però en empentar la porta s'adonà que estava tan tancada com la del carrer.

–Ostres! –exclamà mentalment–. De segur que el director té la clau a la butxaca de la jaqueta.

Carles començà a dubtar. Les coses no estaven eixint com ell havia imaginat que anirien. Potser el millor seria tornar al dormitori i confiar en l'eixida del diumenge següent. Es quedaria l'últim de la filera i, a penes veiera el moment oportú, s'escaparia...

–No! –es digué, valent–. No pense esperar més! Aniré al dormitori del director i trobaré les claus. Jo me'n vaig d'ací aquesta nit!

El xiquet, amb el cor a mil, es dirigí on dormia el senyor Carismàtic, director de la Casa d'Orfes, i a mesura que s'hi anava acostant, els roncs i bufits d'aquell home gran però de geni curt anaven sentint-se amb més intensitat. La valentia del primer moment començà a minvar, però amb tot, la criatura continuà cap endavant. Enfront de l'habitació, Carles comprovà amb felicitat que la porta estava oberta, possiblement per poder sentir els sorolls, en cas que se'n produïren, dels dormitoris dels interns.

A través dels vidres de la finestra entrava la claror d'una lluna redona, gran, bufona, i això li va permetre discernir amb claredat tot el que hi havia a l'alcova; una habitació que li va fer una mica de por a Carles. Una ullada va ser suficient per a advertir l'enorme llit i una tauleta de nit, damunt la qual es distingien un grapat de claus.

Amb el cos tremolant-li s'hi acostà i les mirà. La clau gran de la porta semblava dominar tot l'espai de fusta on descansava amb totes les altres. Carles no s'atrevia ni a respirar. La troballa li facilitava les coses, però agafar aquella clau sense produir cap soroll podia resultar difícil.

Amb tota la cura de què era capaç l'agafà, però amb tan mala sort que el contacte amb la del costat va produir un so de metall. Els roncs van parar de sobte i la criatura, amb la clau dins la mà, es va ajupir instintivament. Quin horror si es despertava i el descobria!, pensava i repensava.

Un moment més tard, que a Carles li paregué etern, tornaren a sentir-se els bufits de l'homenàs i el xiquet, cames ajudeu-me, va eixir ràpidament del dormitori.

ZZZZZ

Encara tremolava quan va posar la clau al pany de la porta d'entrada. Li féu les tres voltes que li havia de fer i la portalada s'obrí sense dificultat.

Sota el mantell blavós de la nit i acompanyat de l'enorme fanal de la lluna, Carles començà a córrer com si el perseguiren deu, cent, mil llops d'un conte de por. Necessitava allunyar-se el més aviat possible d'aquell indret, de manera que l'endemà, quan descobriren la seua absència, ell es trobaria ben lluny. Potser l'anirien a buscar i, si l'agafaven, el castigarien severament. I això el xiquet ho sabia ben bé.

Després d'algunes hores per camins desconeguts, la lluna li mostrà un bosc com el que havia vist en alguna de les lectures i s'hi endinsà. El cansament era tan gran que les cames ja no l'obeïen i decidí deixar-se caure sota un arbre de branques enormes i acollidores. Una sobtada pluja de fulles li va fer de matalàs i, amb un somriure de satisfacció als llavis, se li van anar tancant els ulls.

Una trobada de matinada

Quan els primers rajos del sol li van fer obrir els ulls, Carles començà a sentir els laments d'una veu fina i dolça.

–Ai, senyor, però que desgraciadeta que sóc! Què faré jo tota sola en aquest parany desconegut?

Carles, alarmat, s'alçà d'un bot i començà a mirar i remirar al seu voltant mentre continuava sentint:

–Ai i més ai, quina desventura la meua!

De sobte, va descobrir que els laments venien d'una tisora, que caminava d'ací cap allà, fent tombs.

–Impossible! –exclamà mentre es fregava els ulls.

La tisora, que el va sentir, es va detindre tot d'una i, en descobrir-lo, el mirà de dalt a baix mentre exclamava amb alegria:

–Però si és un gegant! Oh, que bé! Oh, que molt bé! Oh, però que molt bé!

I, tot seguit, aquell ésser diminut es posà a ballar i a cantar. Carles no podia creure el que veia. Pensà si aquell no devia ser un bosc encantat; també la nit anterior li havia passat allò de les fulles... Però no, potser el cansament que encara sentia el feia veure visions, tot i que foren visions agradables.

De colp, la tisora deixà de ballar i de cantar. Es deixà caure sobre unes fulles i explicà:

–Uf! Feia molt de temps que no dansava, i això es nota, saps? Mira'm ací on se m'encreuen les potetes, no siga cas que m'haja oxidat una mica, però mira'm bé per si m'has de posar una goteta d'oli, d'acord?

El xiquet, amb els ulls que pareixien eixir-se-li'n de la cara, la mirava incrèdul. Potser encara estava immers en un somni, potser només es tractava d'un somni amb una tisora ballarina i xarraire, pensava la criatura. A l'instant, però...:

–Ehhh! Ehhh, amo! Que et passa res? No estaràs malalt, veritat? Només em faltava a mi un amo malalt...!

Carles es fregà novament els ulls. Seguidament es va fer una palmellada al cap i, finalment, féu cinc bots a la pota coixa. Era la manera habitual que la criatura tenia de comprovar si somiava o estava despert.

–Ostres! –exclamà la tisora–. El gegant s'ha trastocat! Ai, senyor! Quina sort la meua! Em trobe un amo i mira les ximpleries que fa... Eh, amo! Que no vols dir-me alguna cosa? Cantar una cançó, contar una endevinalla, un acudit? No sé... el que et vinga de gust...

Carles, es va mig convéncer que tot el que veia i sentia era una realitat superrealíssima. Féu un sospir, s'empassà saliva i, amb molta precaució, anà allargant la mà dreta, per tocar aquell objecte tan ple de vida.

La tisora el mirava amb atenció, perquè no entenia les reaccions de qui ja considerava el seu amo i, per si de cas, es preparava per a escapar-se'n, cames ajudeu-me, no fóra que es tractara d'un maníac o d'un maltractador de tisores o... Tot just en aquell moment, començà a notar el tacte suau i delicat d'uns dits tremolosos que anaven recorrent el seu cos. Carles va sentir una sensació agradable, grata, i una serenitat que mai no havia experimentat el va omplir des de les ungles dels dits dels peus fins als cabells negres i rulls que li cobrien el cap. Va ser aleshores que el xiquet va comprendre que la tisora era tan real com els arbres que l'envoltaven i que, des d'aquell instant, ja mai més no es trobaria sol. El seu posat començà a recuperar-se i tot just quan els seus llavis començaven a dibuixar un somriure, la tisora va esclatar en un seguit de rialles.

–HA! HA! HA! Estigues quiet, amo, HA! HA! HA! Quines cosquerelles, amo, HA! HA! HA! No em toques ací, amo, que és el meu punt rialler, HA! HA! HA!

Carles retirà la mà immediatament, mentre li deia:

–Ho lamente... No sabia jo que...

–Ai! –contestà la tisora, més calmada–. Com ho havies de saber, si m'acabes de conéixer? L'altre amo, no sé com s'ho apanyava, que sempre que m'agafava em feia cosquerelles i, mira, veus

aquest puntet roig? Va ser ell qui me'l pintà per anar alerta i no prendre'm per ací.

–Ah! D'acord! D'ara en avant aniré amb compte –digué el xiquet amb certa timidesa.

Carles tornà a clavar els ulls, ara amb tendresa, en l'artefacte parlador. La mirada li brillava força i un ample somriure, sense timidesa, li adornà el rostre. El xiquet pensà que la sort l'acompanyava i que ara, a més de ser lliure, s'havia topat amb una tisora molt especial, una tisora única, màgica...

–Perquè tu ets màgica, veritat? –li preguntà sense poder aguantar-se.

–Màgica? I això què és, amo? Jo sóc Conxa Reconxa, Conxi per a tu, que ets el meu amo. Sóc la tisora que tot ho talla, perquè, si de professionals parlem, amo, jo en sóc la primera. Has de saber que no hi ha res, ja siga gros o prim, gran o menut, visible o invisible, que la gran Conxa Reconxa no puga tallar.

–No entenc això de Reconxa, vols dir que és el teu cognom?

–Cognom, cognom! Quines coses que dius, amo. Les tisores no tenim cognom, amo. Em dic Reconxa perquè la meua vàlua és doble, saps?

Com ja t'he dit abans, puc tallar les coses que es veuen i les que ningú no veu.

Carles va seure al seu costat. Li preguntà com havia arribat al bosc i ella li va contar que el seu amo anterior, un home molt vell amb qui havia estat tota la vida, s'havia mort uns dies abans i que, poc després, uns familiars seus que venien d'una altra ciutat havien arribat a casa de l'ancià per tal d'emportar-se'n les pertinences. Pel camí de tornada es van trobar uns saltimbanquis que es dedicaven, entre altres coses, a la compravenda d'objectes i mobles.

Aquella descoberta els vingué als familiars del difunt com l'anell al dit. Estaven ben farts de portar la carreta tan carregada i decidiren desfer-se d'alguns dels objectes que traginaven, una venda de què aquells espavilats encara van traure uns dinerets. Entre els atifells, capses i alguna cadira hi havia, sense que ningú ho sabera, la tisora.

Quan el tracte es va tancar, els saltimbanquis decidiren acampar al bosc per a descansar i els altres continuaren el seu camí...

–...i així va ser com un tipus malcarat em va traure de la capsa on jo descansava ben a gust i, mira tu quina casualitat, aquell trompellot em va agafar pel punt rialler. Ja pots imaginar-te les conseqüències. Comencí a riure com una descosida, i això que no era per ganes, ja que la falta del meu amo m'afectava de veritat. Aleshores, aquell desconsiderat em llançà amb força cridant una paraula estranya, una paraula... com era aquella paraula? Ai, senyor! Quina memòria la meua! Era... Ja me'n recorde! Embuixala, era embuixala!

–Ha! Ha! Ha! –va riure Carles–. No devia ser embruixada?

–Exacte! Aquest és el terme exacte. Ei que és una paraula rareta? La veritat és que jo mai no l'havia sentida, no sé què deu significar, però espere que no siga un insult, que jo en cap moment no li faltí al respecte a aquell trompellot.

–No, no és això –comentà el xiquet–; el que li passà al saltimbanqui és que es va espantar.

–Ui! No sé per què! Ja veus tu, tan grandot i tan temorenc... Però deixem-ho córrer i parlem dels nostres projectes, amo.

Carles l'agafà amb tendresa. Després li contà la seua història, les ganes que tenia de conéixer el món, la preocupació que sentia per si el trobaven i el feien tornar a la Casa dels Orfes...

–Pobre amo! –digué la tisora–. Però no patisques, que jo t'animaré quan estigues trist, et tallaré els cabells quan els tingues llargs, et contaré les històries que em contava l'anterior amo i t'estimaré igual que el vaig estimar quan vivíem junts.

Carles tornà a somriure content, molt content. Si més no, havia trobat una companya de viatge, una amiga. Després li explicà que la primera cosa que havia de fer era allunyar-se, tan aviat com fóra possible, de la ciutat que havia deixat enrere. També volia conéixer com eren les muntanyes i la mar i les valls... i tot allò que formava part de la vida. Necessitava olorar el perfum de les flors, dels matolls, de la terra humida... Desitjava que el sol l'acaronara, que la pluja li llevara els malsons, que la lluna li parlara a les nits...

–Para, para, amo, i no t'embales, que si et deixe continuar demanaràs la lluna i has de saber que el món no s'ha fet en un dia. D'entrada, farem el més urgent i, el que més urgeix ara mateix és allunyar-nos d'aquest bosc –proposà Conxa Reconxa–. Però abans de res, hauràs de menjar alguna cosa, que els sorolls del teu estómac es deuen sentir a l'altra banda del món.

Carles troba una amiga

Efectivament, l'estómac de la criatura protestava a la seua manera. Des de poqueta nit del dia anterior que no havia tingut el gust d'ingerir cap aliment, i no estava disposat a passar més temps sense prendre ni que fóra un glopet d'aigua.

Carles mirà al seu voltant. Ell sabia que als boscos sempre hi havia fruits silvestres, que bé que ho havia llegit als llibres, i que només calia buscar-los i agafar els que necessitara per tal de saciar la fam del matí. A l'instant, va descobrir una gran morera atapeïda d'uns fruits enormes, exageradament grans.

Els ulls del xiquet adquiriren una brillantor llépola i ansiosa i d'una esgarrapada s'hi va acostar. La primera móra que es posà a la boca quasi no li hi cabia.

–Hummm! –exclamà.

Mai no havia assaborit un fruit tan sucós. Unes gotes d'aquell líquid dolç i rogenc van vessar per la comissura dels llavis. Carles es torcà amb les mans.

Després d'empassar-se'n unes poques, de móres, decidí emportar-se'n un bon grapat per si de cas no trobava al llarg del dia cap altre aliment que li poguera omplir la panxa.

Buscà algunes fulles grans que li serviren per a embolicar els fruits i, després d'esgarrar un tros del llençol per fer una mena de bossa, els hi dipositá. –Anem, Conxi, no siga cosa que apareguen els vigilants del casalot gran.

–Anem, anem! I on vols que ens n'anem, amo? Potser voldràs anar cap al nord? O penses que serà millor dirigir-nos cap al sud? O...

–Deixa't de rotllos, tisora xarraire. Ara et posaré dins el farcell i emprendré a córrer per aquell camí i quan arribem a un poble ja veurem què fem.

–No cal.

–No cal, què? –li preguntà estranyat.

–Què ha de ser? La correguda! Ja t'he dit que jo, Conxa Reconxa, puc tallar qualsevol cosa. Per tant, si l'amo vol arribar aviat a un poble llunyà, hi arribarem en breu. Només he de tallar la distància que ens en separa i ja està.

–Calla i no digues bajanades, que jo no em xucle el dit...

Abans, però, que Carles continuara parlant, l'artefacte xarraire començà a obrir-se i tancar-se amb una velocitat desmesurada, xis-xas, xis-xas, xis-xas... fins que el xiquet, amb els ulls com a llunes, va descobrir que es trobaven tots dos a un tir de pedra de les primeres cases d'una població.

–Uau! És increïble! –exclamà ell.

–Hum! –digué ella–. Que tu què et pensaves?

Carles l'agafà amb molta cura i amb un to de veu que evidenciava una gran admiració li digué:

–Ets una joia!

–Això ja ho sabia jo, amo, i no patisques més, que ara ens trobem tan lluny de la ciutat, que ací mai no et buscarà ningú.

Carles, que era un xiquet assenyat, pensà que la primera cosa que li calia fer era buscar-se un treball que li permetera viure sota un sostre i menjar dues vegades al dia. Coneixeria els paratges que envoltaven la població i, quan es cansara de viure per allí, es buscaria un altre poble diferent.

Així li ho va fer saber a la tisora i, després de sentir la seua conformitat, la va acomodar dins el farcell i s'encaminà cap a dins del poble.

A primera vista li va fer bona impressió. La mitja dotzena de carrers que hi havia estaven d'allò més nets. Les finestres i els balcons de les cases a penes es deixaven veure per les flors que els adornaven. Begònies, roses, gessamins, clavells i un munt de plantes diferents oferien un paisatge urbà d'allò més alegre. La barreja de colors, formes i perfums omplien els sentits del nou visitant.

El xiquet ho mirava tot amb emoció, amb l'alegria que dóna la llibertat i el goig de passejar amb calma i sense ordres. Tan abstret anava que no s'adonà de l'acompanyant que el seguia de prop fins que un contacte amb els peus que quasi li féu perdre l'equilibri el va obligar a buscar l'autor de l'entrebanc.

Un gos menut d'un pelatge quasi rogenc el mirava amb insistència.

–Però si tenim companyia! –exclamà.

El gos alçà les potes davanteres alhora que intentava llepar-li les cames.

El xiquet s'ajupí i començà a gratar-li el cap amb delicadesa.

–Que t'has perdut?

–Bub-bub! –va fer el gos com a resposta.

La tisora, que des de dins de la bossa no se'n perdia una també es deixà sentir.

–Ei, amo! Es pot saber amb qui parles? De qui són aquests lladrucs? No t'has tornat gos, veritat? Perquè jo, també t'ho he de dir, em negue a servir un gos, saps? I no és perquè a mi no m'agraden els gossos, no. És simplement perquè a la meua edat no tinc ganes d'aprendre el llenguatge d'aquests animals, m'entens, amo?

Carles començà a riure i li contà la troballa. Aquella féu un «Ahhh!» i es quedà en silenci.

Amb la companya dins el farcell i el gos al seu costat, el xiquet continuà caminant fins que va arribar a un espai gran, o més ben dit, enorme. Era la plaça del poble, una plaça porticada i molt bonica. El terra estava cobert d'una pedra blanca i lluent com si l'hagueren polida i, tot just al mig, hi havia una font amb quatre boques d'aigua que representaven els quatre punts cardinals. A la font s'accedia a través de tres graons enormes, també de pedra blanca. En veure-la allí tan ben plantada, feia la sensació que la font dominava la plaça i que tenia el poder de donar la vida als altres mitjançant el líquid cristal·lí i fresquívol que deixava córrer.

S'hi acostà i va beure l'aigua que eixia d'una de les canelles, sense pressa.

Tot just en aquell moment s'hi va acostar una xiqueta de la mateixa edat que Carles amb una botija i li digué:

–Hola! Veritat que està bona? És la millor aigua de la contornada. Mira, veus aquell cim tan alt? Es diu Ranera i allà és on naix la nostra aigua. Un dia m'ho contà el meu iaio Josep, saps?

–Ahhh! –féu el xiquet amb timidesa.

Era la primera vegada que Carles parlava amb una xiqueta que no fóra una de les companyes de la Casa dels Orfes i això el feia retraure's una mica.

–Em diuen Mireia i, com que dinarem de seguida, la mare m'ha enviat a agafar aigua fresca. I tu, qui ets tu?

Tot just en aquell moment, Mireia va veure eixir el gos de darrere del xiquet i va exclamar:

–Ei, Vellut, què fas? Ah, ja sé. Tu deus ser el nou jardiner de la casa rica, no?

–Jo... –intentà balbucejar Carles–. Jo... no... jo acabe d'arribar i...

–És que com que et veig amb el Vellut...

Mireia, una criatura amb els cabells negres i els ulls parladors, li contà, mentre omplia la botija d'aigua, que Vellut havia estat el gos del jardiner d'una casa senyorívola que es trobava als afores del poble; la casa de la senyora Supergertrudis, una dona molt rica, però també molt estirada i una mica llepafils a qui només la preocupava el seu jardí. Un jardí que era molt conegut entre les famílies riques i estirades que, de tant en tant, venien a veure'l.

El seu jardiner i amo del Vellut, el senyor Joan, un home afectuós i enamorat del seu ofici, havia faltat feia uns dies. Arran d'aquesta pèrdua, el gos havia fugit de la casa rica i es negava a anar amb ningú. De vegades, se'l veia caminar sol pels camins, però quasi sempre es quedava quiet al costat de la tomba del que havia estat el seu amo des que va nàixer...

–...Per això, en veure'l amb tu, havia pensat que podies ser un familiar del senyor Joan que havia vingut per fer de jardiner.

–Vols dir que aquesta senyora està buscant un jardiner? –preguntà Carles, ara més assossegat.

Mireia li contestà que sí, però que a ningú li venia de gust anar a treballar a la casa rica, perquè l'ama passava tot el dia remugant per qualsevol cosa i que la paciència que havia tingut l'ancià jardiner amb ella, no la podia tindre cap altra persona.

També li contà la xiqueta que totes les terres de la contornada li pertanyien i que feia treballar tothom sense pietat...

–Jo encara no faenege per a ella, saps? Però ja li ha dit a ma mare que l'any que ve em vol veure a la casa rica per a servir-la.

Efectivament, la senyora Supergertrudis es comportava amb la gent del poble com si grans i menuts també formaren part de les seues propietats.

Llevat de la cuinera, que sempre era la mateixa persona, les xiques de la població sense casar havien de fer torns per a ocupar-se de les faenes de la casa i cada setmana n'hi anaven tres de diferents. La veritat és que tothom estava d'ella fins a la coroneta. De tot renegava aquella dona i mai ningú li deixava les coses al seu gust.

–Jo pense que és una vella fastigosa, una bruixa sense pèls al nas ni berrugues a la cara, però una bruixa –digué Mireia.

De sobte, es van sentir unes campanades. El rellotge de la torre de l'església anunciava les dotze del migdia i la xiqueta pegà un bot i exclamà:

–Ostres, tu! Però si ja són les dotze! Me'n vaig corrents, que si no, me'n guanyaré una de bona. Adéu, ja tornarem a veure'ns.

–Adéu, Mireia! I que... que em diuen Carles, saps?... I que sí, que ens tornarem a veure, Mireia.

La xiqueta va girar el cap i, mentre corria, li va dedicar un somriure que a Carles li va semblar el més encisador del món.

El nou ofici

Carles es quedà mirant com eixia de la plaça, com girava un cantó, com desapareixia de la seua vista. A continuació, va seure en un dels graons de la font, desféu el nus del farcell i després de traure la tisora per dipositar-la al seu costat, agafà les móres per menjar-se-les.

–Has sentit el que ha dit Mireia? –li preguntà Carles.

–Ei, veges! Que et penses que estic sorda o què? –contestà Conxa Reconxa–. A penes acabes d'empassar-te el ranxo tan abundant que portes, ens adreçarem a la casa rica.

–Però si jo no tinc ni idea de jardineria!

–Tant se val, que per això em tens a mi –l'interpel·là la tisora–. Mira, amo, ja t'he dit que jo puc tallar qualsevol cosa. Tu no patisques, que tothom creurà que tu ets un jardiner de primera.

–Tu creus? –preguntà Carles, una mica il·lusionat.

–De primera, amo, de primera! –fou la resposta de la tisora.

El xiquet s'engolí el grapat de móres que portava i, en acabant, s'encaminà, xino-xano, cap a la casa de la dona rica.

Si a l'entrada del poble no havia vist cap casa senyorívola, necessàriament havia de trobar-se als afores, pensava la criatura amb bon criteri. I així va ser. A un tir de pedra de les darreres cases del poble, Carles advertí una propietat gran, envoltada d'una tanca.

La tisora, dins el farcell, li anava dient que havia d'estar tranquil quan es trobara davant la dona, que la seguretat era molt important per a impressionar els necis, perquè aquella dona havia de ser una nècia, que una xiqueta amb la veu de Mireia no podia dir mentides i que quan es trobara davant d'aquella Supergertrudis li havia de dir que era un jardiner amb més experiència que anys tenia, i que...

–Para, para! Com vols que li diga que sóc un jardiner amb experiència si jo mai no he tallat ni una flor?

–I què? Ja ho faré jo!

–Estàs com una milotxa! –digué Carles–. Jo no li dic això.

–Tranquil, amo, que en la vida tot té una solució. Tu deixa'm fer a mi, que a paraules no hi ha qui em guanye, i ja veuràs com...

–Calla i no digues animalades. Que no saps que si algú et sent parlar ens tiraran a tots dos del poble per bruixots? Jo, si em pregunta, li diré que sóc fill de jardiner, que això no és cap mentida.

–Hum! Que delicat m'has eixit.

Quan Carles va estirar de la corda de la campana que hi havia al costat de la porta, el cor li bategava amb força. Els bum-bums li retronaven al cap com un ressò potent.

A l'instant, una jove de cabells foscos i ulls verds com la mar li va obrir la porta. Carles pensà de seguida que es devia tractar d'una de tantes xiques al servei de la dona que Mireia havia batejat com una vella fastigosa.

A la pregunta de la jove, el xiquet li contestà que volia parlar amb l'ama per oferir-se de jardiner. La xica el va obsequiar amb un somriure acollidor i li digué que el seu nom era Gabriela. Li passà la mà pels cabells i, fent-li l'ullet, li digué que esperara una miqueta.

Al cap d'un moment aparegué una dona gran, vestida de negre i carregada de joies. Ignorant conscientment la presència de Carles, la dona preguntà:

–Es pot saber on és el jardiner? Gabriela! On és el jardiner?

–Ssssóc ací, senyora. Em dic Carles, per a servir-la, senyora –digué el xiquet amb timidesa.

La dona de negre i enjoiada el mirà de dalt a baix i li amollà:

–Tu? Es pot saber on va un insignificant infant com tu? Has de saber, criatura superatrevida, que tinc un superjardí únic i un superjardí com el meu necessita d'un superjardiner molt especial.

El xiquet la mirà als ulls, però de seguida abaixà la vista. La mirada de la dona li semblà estranya, gèlida, quasi despòtica. S'empassà saliva

i, com si en la saliva fugiren les pors i les inseguretats, li contestà:

–Senyora, si això és el que busca, li puc assegurar que el té al seu davant, perquè jo, d'especial, en tinc per a parar un tren.

Aquella resposta atrevida li va fer gràcia a l'ama i, com que tenia urgència d'agafar un jardiner al seu servei, pensà que tampoc s'arriscava molt acceptant-lo. Si, passats uns dies, no li agradava el seu treball el faria fora, o simplement l'aguantaria el temps que li costara trobar-ne un altre amb referències.

–Hum! –exclamà–. Tens sort, xiquet. Avui estic de bon humor i faré una obra de caritat amb tu. A partir d'aquest moment pots considerar-te el meu jardiner. Com a pagament pels teus serveis, tindràs un supermatalàs de bona palla a les quadres i les sobres del menjar cada dia. Ah! Però vés amb compte, que a la primera que me'n faces, voles d'una superpatacada al carrer.

Dit açò i sense esperar cap resposta del xiquet, la dona vestida de negre i molt enjoiada pegà mitja volta i desaparegué.

A l'instant, però, tornà Gabriela i, amb un somriure de complicitat, li preguntà:

–Què t'ha dit la bruixa? Hi ha hagut sort?

Carles li digué que sí, però que els seus ulls li havien fet passar una mica de temor.

Gabriela va fer un riure dolç i amb la intenció d'animar-lo, li digué:

–Bah! No li faces cas. Li encanta que tothom la tema. Però tranquil, que si nota que li tens por, encara s'endurirà més amb tu. I ara vine amb mi a la cuina a menjar alguna cosa. Després d'omplir la panxa, tot ho veuràs amb uns altres ulls.

Gabriela se l'emportà a l'enorme cuina de la casa i li va presentar les altres serventes: una dona grossa que feia de cuinera i es deia Adelina i dues xiques més, Emmalada i Àngela, que es dedicaven a les faenes de neteja i més neteja. De seguida el feren seure i, tot seguit, Adelina li va posar a taula una bona cuixa de pollastre amb unes creïlles.

En veure els ulls d'incredulitat que feia el xiquet, la cuinera pensà que aquella criatura tenia més fam que estatura.

–Uau! –exclamà Carles–. Si les sobres són açò...!

–No et cregues el que t'ha dit la bruixa –li digué Adelina–, que ací mai no en tenim, de sobres. El que passa és que jo sempre pose a fer bona cosa de menjar perquè puguem alimentar-nos i, de passada, emportar-nos-en a casa, que si per ella fóra, ací ens moriríem totes de fam... Ella bé que renega quan entra a la cuina i veu les viandes que pose a la cassola, però a mi tant em fa.

I començà a riure, seguida de les tres joves. Després començaren a fer-li un munt de preguntes: que com li deien, que d'on venia, que quants anys tenia, que on tenia els pares, que si...

En veure que el xiquet no contestava i que els ulls començaven a fer-se-li aigualosos, les quatre minyones es miraren les unes a les altres i, amb gest de complicitat, decidiren no tornar a preguntar-li res més.

Amb tot, Carles considerà que havia de sincerar-se amb aquelles dones que tan bé l'havien acollit i, en passar una estona, els contà la seua història.

Una perruquera improvisada

Les paraules de Carles van commoure les quatre dones. La història els va arribar al cor i, entendrides, no van poder evitar que alguna llàgrima brollara dels seus ulls.

Adelina, que no havia tingut fills, va pensar de seguida que aquella criatura podria ser el xiquet que havia esperat amb anhel durant els anys que vivia amb el seu Miquel. La cuinera li dedicà un somriure bondadós i, agafant-li les mans amb tendresa, li digué:

–Ja no hauràs de passar pena, fill meu, que ací no t'ha de faltar res del que necessites, ni un bon tros de pa ni tampoc el nostre afecte.

–Molt ben dit! –exclamaren les tres xiques joves amb un mig sanglot per l'emoció que les ennuegava.

De sobte, una veu que venia del farcell de Carles es deixà sentir amb una mica de sorna:

–No, si encara em faran plorar a mi.

–Qui ha dit això? –preguntà Gabriela.

–Qui ha de ser? Sóc jo, la tisora servidora del meu amo, que em té segrestada ací dins i que, amb tot el respecte del món, també m'agrada que em diguen amoretes.

Les quatre dones, amb un somriure divertit als llavis, miraren el xiquet mentre li preguntava la cuinera:

–És que tens l'habilitat de parlar sense moure els llavis com fan alguns còmics?

I Carles, que tenia les galtes com dues cireres, contestà titubejant alhora que treia la tisora del farcell:

–No, si jo... és que... vull dir que no... és a dir, que sí, que és veritat que tinc una tisora que parla pels colzes, però jo no la tinc segrestada, no...

Va ser aleshores quan Conxa Reconxa, en veure's lliure, féu un sospir llarg, delicat, suau:

–Aaaaaai! Quines ganes tenia jo que em pegara l'aire, tot i que l'aire d'una cuina no és precisament el que corre en un pinar o a la vora de la mar o...

Gabriela, Adelina, Emmalada i Àngela, com si hagueren vist el dimoni, pegaren un crit i, amb el temor als ulls, es feren el senyal de la creu.

–Mareta de totes les cuineres! –exclamà Adelina.

–Senyor! Senyor! Tingues pietat, que nosaltres no hem fet cap mal a ningú –pregaren amb por les altres.

–No, si ja sabia jo que si et sentiren, en passaria alguna de ben grossa –digué Carles.

–Humm! –féu Conxa Reconxa.

Les dones, arrupides i tremoloses en un racó de la cuina, es preguntaven com era possible que una criatura d'aspecte angelical com era Carles fóra portadora d'una cosa tan malèvola com era una tisora parladora.

El xiquet no sabia per on eixir-se'n i intentà asserenar-les explicant-los, primer, com era d'inofensiva la seua amiga, i no servidora com a ella li agradava dir. Després pregà que callaren, perquè si la cridòria arribava a les orelles de la senyora de la casa, l'incident acabaria, com a mínim, fent-los al carrer.

Quan les dones es van calmar, Carles els va narrar de quina manera s'havia topat amb la tisora i tot el que li havia contat. Abans d'acabar, però, Conxa Reconxa hi va intervindre amb un to de veu que manifestava un xic d'enuig:

–No comprenc per què heu d'espantar-vos així. Jo no m'esborrone quan parleu vosaltres, eh? Ni tampoc he anat a amagar-me quan us he vist, eh?

Les paraules van fer nàixer uns incipients riures en les dones i, a poc a poc, els temors anaren dissipant-se dels seus rostres.

De seguida, l'artefacte parlador començà a explicar la seua perícia en el món del tall.

–Sabeu? Jo sóc capaç de tallar el vestit més elegant de la ciutat més elegant. Ah! I no us conte els talls de cabells tan moderns que puc fer. Ja pot vindre el pelussera més horrorós de la terra, que jo, estimades senyores, puc transformar el seu cap en un model digne d'un arcàngel.

Les dones, ara ja entusiasmades, picaren de mans i anaren cap als vidres del finestral de la cuina per contemplar els seus cabells nuats de qualsevol manera. A continuació se'ls deixaren

solts i, dirigint-se a la tisora, li preguntaren amb emoció en la veu:

–Vols dir que ens podries fer un pentinat refinat com els que porten les dones distingides de la ciutat?

–Puaf! Ni t'ho imagines!

L'entusiasme creixia com la bromera i, de seguida, es posaren totes quatre en cua per tal de comprovar la professionalitat d'aquella tisora tan especial.

Carles no es podia creure el que veia i, tot i que s'alegrava de com es desenvolupaven les coses, una certa intranquil·litat interior li deia que allò podia acabar com el rosari de l'aurora.

La primera a seure a la cadira, com si estiguera en la perruqueria, fou Adelina, la cuinera. Volia sorprendre el seu marit aquella nit.

Conxa Reconxa la mirà fixament a la cara i:

–He d'estudiar ben bé la teua fisonomia, saps? Els cabells han d'estar en consonància amb el teu rostre i amb la teua ocupació.

El comentari fou ben rebut per les dones.

La tisora inicià el seu tall sense dubtar en cap moment, posant de manifest la seua destresa en l'art del xis-xas.

Carles la contemplava amb silenci, sense atrevir-se a obrir la boca. Només al fons de la seua ànima es podia sentir el prec de la criatura perquè tot eixira bé. Poc després, el xiquet es dirigí al finestral de la cuina, des d'on es podia contemplar una part dels jardins de la mansió. Com eren de bonics! I pensà en el jardiner anterior, el jardiner de veritat que durant tants d'anys s'havia dedicat amb perseverança a embellir-los més i més. No era estrany que l'ama se'ls estimara tant...

Quan la tisora va exclamar uns quants «esplèndid», «excel·lent», «magnífic» seguidets, el xiquet va girar la vista i es va trobar una cuinera amb un cap molt paregut a un ou fregit. El farcell, que encara portava en la mà per si havia d'eixir a corre-cuita, li va caure a terra, mentre exclamava un «ai, no!».

Emmalada, Àngela i Gabriela s'havien agafat els cabells com si tingueren por, com si sospitaren que algú els els poguera prendre i fer-los desaparéixer per sempre. Mentrestant, Adelina cridava i tornava a cridar que se'ls volia veure, que li deixaren un espill per a contemplar la seua nova imatge, però ningú no s'atrevia a complir el desig de la dona.

–Es pot saber què us passa? Tan extasiades esteu que sou incapaces de moure-us del taulell que xafeu? De segur que estic fabulosa –digué Adelina amb emoció.

La cuinera s'alçà de la cadira i es dirigí a l'espill del bany que hi havia tot just al costat de la cuina per al personal del servei. La tisora anava al seu darrere esplaiant-se en elogis i més elogis.

Uns pentinats força originals

De sobte, un crit esborronador es deixà sentir per la cuina i la tisora, cames ajudeu-me, va eixir del bany com un bòlit per amagar-se tot just al darrere del seu amo.

Seguidament, va aparéixer la pobra Adelina amb llàgrimes als ulls mentre bramava com una descosida.

–Vine ací, bandida! Es pot saber què m'has fet, tisora embolicadora?

Va ser en aquell moment que, davant l'escena que oferien la cuinera i la tisora, les joves i Carles encetaren una bona rialla.

–Sí, sí, rieu, però jo recupere els cabells encara que siguen apegats amb cola.

–Però, dona –es va sentir Conxa Reconxa mentre tímidament se la veia eixir del darrere de Carles–. Però si estàs divina!

–Divina? Al fem et tiraré si no m'apanyes aquest desficaci de cabells –li contestà aquella–. El meu cap sembla un ou fregit, bandarra! Que ingènua que he sigut confiant en una tisora xarraire!

De sobte, Conxa Reconxa es plantà al seu davant i amb un to de veu carregada de raó començà a dir que tothom era insensible al seu talent creador, que ningú no comprenia el seu art i que no hi havia qui s'atrevira a fer un canvi d'imatge divertit, i que els canvis feien falta en la vida perquè, si no es feien, tot seguiria sempre igual.

Les paraules de la tisora van impressionar Carles i les quatre dones. Potser Conxa Reconxa tenia raó, pensaven; potser ningú no s'atrevia a anar molt diferent als altres...

–Amb tu, Gabriela, elaboraria el model *Obri la porta*. Un tall que et faria caure de l'emoció.

–Obri la porta? –preguntà la xica sense entendre.

–Ei, veges! Que no ets tu la que obri la porta a tothom o què? –li contestà.

–Ai senyor, senyor, que esta tisora està com una cabra! –exclamà Adelina–. És possible que tingueu raó en tot això que no ens atrevim a canviar, però per a tot hi ha un forat i, com podeu comprendre, que jo siga cuinera i que els meus cabells semblen un ou fregit sona a burla segura.

–Hum! Hum! I més hum! –protestà, mig ofesa, Conxi.

–M'has convençut! Fes-me això de la porta, que em fa molta il·lusió –demanà Gabriela.

–I a mi em fas el pentinat més atrevit que et passe pel cap –digué Emmalada, una donzella a qui li agradava anar sempre a l'última moda.

–Jo preferiria... –intentà parlar el xiquet.

–Per a tu, amo, et tinc preparada una sorpresa sorpresíssima. Et raparé pels costats i per dalt et deixaré com una esplanada menuda que represente un xicotet jardí encerclat per una tanca increïble que...

–Que no, Conxi, que no. Que jo preferiria quedar-me com estic, entens?

–Hum! Tu mateix –li contestà, molesta–. A tot açò, si no m'equivoque, crec que em falta alguna de vosaltres per estudiar encara, no?

Amb tot el rebombori, ningú no s'havia adonat que Àngela, la més jove de les fadrines, s'havia retirat a un racó de la cuina. Asseguda, romania amb els ulls tancats. El seu semblant es veia pàllid, adolorit i trist.

Totes les mirades es clavaren en aquella personeta encara adolescent. Emmalada els explicà, a Carles i a la tisora, que Àngela patia uns mals de cap horrorosos, que aquell matí ja s'havia alçat amb un i que tenia tancats els ulls perquè això la calmava una miqueta.

–La pobra passa tot el dia bevent infusions d'herbetes i, damunt, la bruixa no para de clavarse amb ella...

Conxa Reconxa es plantà al seu davant i digué:

–Hum! Hum! I rehum! Això t'ho solucione jo amb un xis-xas. Xiqueta, confia en mi que, des d'aquest moment, ja no hauràs de tancar el ulls més que per a dormir.

I, sense entretindre's més, la tisora s'envolà fent cercles al voltant del cap d'Àngela alhora que

feia uns xis-xas i xas amb una rapidesa increïble. Un moment més tard, es parà i digué:

–Uau, com era de fort aquest mal de cap! Estic esgotadíssima.

Àngela obrí els ulls i de sobte la cara recobrà l'aspecte que ha de tindre una jove. El color rosat substituïa la pal·lidesa anterior i un somriure de felicitat la il·luminava.

–Què m'ha passat? –digué–. Em trobe fenomenal.

Les companyes no badaven boca, amb els ulls com plats observaven el canvi sofert per la donzella i no sabien si cridar, córrer o amagar-se. Clavaren, a la fi, les mirades interrogants en Carles, al capdavall ell era l'amo d'aquella tisora embruixada, màgica o el que fóra, pensaven les tres.

–Us assegure que jo estic tan sorprés com vosaltres –els digué.

Les dones, comprenent el poder de la tisora, reaccionaren i amb gran emoció exclamaren:

–Conxa Reconxa és una benedicció!

–Conxa Reconxa ens pot tallar els mals de cap!

–Conxa Reconxa és una supermetgessa!

–Conxa Reconxa és més encara que una supermetgessa!

La tisora donà les gràcies per tanta lloança i els digué que callaren ja i que ara el que volia era tallar-los els cabells. Aleshores li preguntà a Àngela quin era l'estil de cabells que més li agradava.

–Doncs jo, jo... jo preferisc les meues trenes.

–Però que desagraïda...!

A continuació, convidà Adelina a seure novament i, en uns quants xis-xas, li canvià el tall dels cabells.

–Apa! Ja ho tens ben apanyat. Un model únic. Li posarem de nom *La col-i-flor sense flor*. Guai, eh?

La cuinera, ara més contenta, digué que se sentia una altra, més rejovenida i que segur, seguríssim, que al seu Miquel li agradaria també moltíssim, perquè ell, de jove, havia sigut el més modern del poble.

També Gabriela acabà satisfeta amb la imatge que oferia la seua testa. L'efecte va ser excepcional. La miraven i veien exactament una porta oberta dalt del seu cap. Com s'ho havia fet? La xica feia salts d'alegria i pensava que seria l'enveja de totes les amigues.

Emmalada tampoc va acabar decebuda amb aquells cabells en forma de plomall que li havia deixat Conxa Reconxa. El resultat fou tan magnífic que, si l'hagueren comparada amb el plomall amb què la xica netejava la pols dels mobles, ningú no sabria dir quin dels dos era més real o més perfecte o més original.

Les exclamacions d'alegria de les tres dones contrastaven amb el gest d'incredulitat del xiquet i d'Àngela.

–Esteu com cabres –exclamà la xica.

–Com sou d'atrevides! –comentà el xic.

Tot just en aquell moment es deixà sentir la veu de la temuda senyora Supergertrudis, que, acostant-se a la cuina, anava cridant:

–Emmalada! Àngela! Es pot saber on us heu ficat? Acabe de descobrir una mica de pols en la pota dreta de la cadira del mig del saló gran i això és superintolerable!

Les xiques van eixir tan ràpidament de la cuina que quasi es produí una col·lisió per la topada de les tres, ama i donzelles.

La senyora Supergertrudis, amb el tarannà que la caracteritzava, tornà a bramar com una descosida:

–Xiquetes del dimoni! Avui us quedareu una hora més a treballar. Però quina joventut tan superirresponsable, senyor! Si no anara darrere vostre no pegaríeu brot, segur! Ara, que menjar sí que us agrada, sí, que no necessiteu ningú que us diga quan és l'hora de dinar, veritat?

De sobte, els seus ulls es van fixar en Emmalada.

–I tu, moniata, fes el favor de llevar-te el plomall del cap.

–Senyora, el plomall el porte a la mà i me'n vaig de seguida a netejar la cadira.

Les xiques desaparegueren i la dona es quedà confusa:

–La superveritat és que m'havia paregut que portava un plomall al cap...

Una mica desorientada, entrà a la cuina i a crits envià Carles a cavar per remoure la terra dels jardins, perquè respiraren, deia ella. Quan descobrí Adelina i Gabriela, llançà una exclamació de les que fan història.

–Oh, senyor dels impossibles! Serà possible el que veuen els meus ulls? Quina superbestiesa heu fet amb els vostres cabells? És que us heu tornat boges? Senyor, senyor, estic envoltada de boges i de malfaeneres!

La dona isqué de la cuina mentre Adelina i Gabriela reien divertides. Era la primera volta que veien la senyora desconcertada.

–Estic segura que quan la gent del poble ens veja, es quedarà bocabadada.

–I que ho digues, Adelina, i que ho digues.

I novament esclataren en una rialla de complicitat.

La poda dels arbres

L'endemà al matí, quan les dones tornaren a la casa, contaven i no acabaven de l'èxit que havia tingut el seu canvi d'imatge.

La veritat, però, és que hi havia hagut opinions per a tots els gustos. Al marit d'Adelina li va fer gràcia i deia a tothom que tenia una dona molt moderna. Als pares de Gabriela quasi els agafà un patatum en veure-la, però les amigues, totes les amigues, es quedaren bocabadades. També Emmalada va ser objecte de mirades i més mirades, algunes d'admiració i altres de reprovació. Ací i allà es podien sentir comentaris com ara:

–Has vist quins cabells porta Adelina?

–Calla, dona. Tu creus? Amb l'edat que té i fer-se modernors així!

–Edat, edat, edat! I això què hi té a veure? Vols dir que només els joves poden fer-se un pentinat modern?

–Sí. Això vull dir! Un arreplegadet al cap és el que ens toca portar a la nostra edat.

–Que antiga... Jo no hi estic d'acord, en absolut. I he de dir-vos que a mi, que us doble l'edat, m'ha agradat d'allò més.

–....

–Ai, senyor! Aquesta joventut ja no sap què posar-se al cap...!

–Sí, sí, però, ben mirat, jo les trobe boniques.

–....

–Però quins pentinats tan singulars que porten Gabriela i Emmalada!

–Jo vull fer-me un tall ben original.

–I jo també!

–I jo!

Les tres dones hagueren de confessar qui havia estat la perruquera, la qual cosa va fer riure, al principi, tothom, però quan els van contar la història que Carles els havia relatat, moltes de les persones començaren a creure-s'ho. Altres continuaven pensant que tot era una broma de les dones i que en realitat, els cabells, se'ls havien tallat les unes a les altres.

Tot i això, la gent tenia ganes de conéixer Carles i la tisora misteriosa.

La història del mal de cap d'Àngela també va ser sonada. Tothom es quedà impressionat. Si allò era veritat, el misteriós artefacte resultava ser un veritable tresor.

A Carles, però, el preocupava tot aquell rebombori. Si la gent començava a visitar la casa de la senyora Supergertrudis perquè Conxa Reconxa els fera algun servei, tenia por que la dona es molestara i s'indisposara amb ell.

Així els ho va fer saber, a les dones, i aquestes el van tranquil·litzar tot dient-li que els diumenges els tindria lliures i que amb el seu temps podria fer el que li donara la gana. Fins i tot li aconsellaren que s'independitzara i que obrira una perruqueria.

Adelina mirà amb tendresa el xiquet i tornà a acariciar la idea d'adoptar aquella criatura sola i desvalguda. Tot just en aquell moment aparegué l'ama i enfilant-se per les parets de veure-les xarrar en la cuina, les envià a fer faena amb crits i més crits.

–I tu, aprenent de jardiner, espavila't, que ací no menja ningú sense treballar. Vinga, continua cavant i removent la terra del superjardí.

Un parell de dies més tard, la senyora Supergertrudis demanà a Carles que podara els arbres de l'entrada de casa. L'endemà esperava una visita d'uns altres senyors i senyores aficionats a la jardineria i volia que els arbres estigueren presentables.

Quan la dona desaparegué, el xiquet digué amb preocupació:

–No tinc ni idea del que significa això de podar. Ai, Conxi! Tu saps què hem de fer?

La tisora, més digna que mai, el mirà de dalt a baix i li contestà:

–Ui, veges! Què et penses que acabe de nàixer o què? Quantes voltes he de dir-te que no passes pena per res? Em tens a mi, amo, la teua Conxi, i jo aconseguiré que mai no et penedisques d'haver-me trobat. Simplement he de retallar les branques. Vinga, amo! Descansa i deixa'm fer a mi.

Carles va seure sota un arbre per resguardar-se del sol calent i, sense adonar-se'n, es quedà adormit.

Una estona més tard, els crits de la tisora el van despertar:

–Ei, amo! Desperta, amo! Que no veus que ja he fet la faena? Vinga! No sigues tan mandrós, que jo ja he podat tots els arbres.

La paraula «tots» va actuar de despertador immediat i una opressió espessa va trobar cau a la gola de la criatura. El pensament de Carles es va posar en marxa a mil per minut. TOTS, havia sentit TOTS. Devia haver podat TOTS els arbres? Però TOTS els arbres de l'entrada a la mansió o TOTS els arbres del jardí?

El xiquet es resistia a obrir els ulls. La por de descobrir alguna malifeta de la tisora actuava de fre, com si fóra un mur de contenció. A la fi, es va decidir. Mirà amb angoixa els arbres del seu voltant i, en descobrir el resultat de la faena de la tisora, exclamà amb un fil de veu:

–Mareta de tots els arbres!

–Veritat que han quedat de primera, amo?

La visió el va impressionar. Els arbres, tots els arbres del jardí de l'entrada: els roures, els pins, els xiprers, un faig, les alzines i les carrasques, semblaven eixir d'un món diferent del nostre.

Cadascun havia adquirit una forma distinta: l'un semblava un cavallet de fira, un altre pareixia una gegantina flor de Nadal, aquell es podia confondre amb un enorme teuladí, l'altre era la viva imatge d'un gat perseguint un pobre ratolí, aquell aparentava una guitarra, l'altre representava un violí colossal...

El xiquet no podia badar boca, les cordes vocals semblaven haver-li fugit de la gola. Conxi ballava i ballava de tan contenta com estava i tot just en aquell moment començà a sentir-se una veu bastant temuda pel xiquet, la veu de la senyora Supergertrudis:

–Vegem com va la poda dels arbres, que no em refie un pèl d'aquest jardiner...

El xiquet agafà la tisora i, cames ajudeu-me, va córrer per amagar-se darrere de la tanca més pròxima.

Els crits no van tardar gaire en deixar-se sentir al llarg i a l'ample del jardí i també de la casa. Van ser tan ensordidors, els crits, que fins i tot els pètals de les flors es van plegar de sobte.

Carles, amb l'espant als ulls i la por al cos, intentà ajupir-se més encara si podia. Semblava que la terra se l'engoliria, de tan arraulit com estava.

Al cap d'un moment, la cridòria de la senyora Supergertrudis va ser substituïda per una interminable tirallonga de laments:

–Ai, senyor dels impossibles! Que no és possible el que els meus ulls estan veient! Ai, senyor dels possibles, que és impossible que açò em passe a mi! Els meus arbres! Ai, els meus estimats arbres! Estimades criatures...! Indefenses criaturetes...

Tanta lamentació aconseguí que isqueren de casa totes les dones del servei domèstic, pensant que alguna de ben grossa li'n devia haver passat a l'ama. En acostar-s'hi, però, i veure quin era l'objecte de tanta lamentació, hagueren de fer un esforç per no començar a riure. Totes quatre es van imaginar de seguida qui havia estat l'autora d'aquella poda tan especial i, com si s'hagueren posat d'acord, exclamaren a una veu:

–La tisora!

L'ama de la casa, tot i que estava tan blanca com la neu, recobrà el tarannà que la caracteritzava i inicià un seguit d'amenaces i ordres dignes de tan il·lustre persona:

–Ei, vosaltres! Es pot saber què feu plantades com si fóreu estàtues? Busqueu-me de seguida aquell superbandarra de jardiner, que me'l menge viu...

I les quatre dones la miraven i dissimulaven fent veure que el buscaven.

–Què els diré jo als visitants que vénen demà? Oh, senyor! Seré l'objecte de riures i superburles i això no ho podré suportar!

Tot just en aquell moment, Adelina va descobrir un Carles arrupidet, arrupidet, que amb els ulls aigualosos semblava implorar que no diguera res.

–Tranquil, fill meu, queda't ací ben amagat, que quan aquesta boja es canse de renegar, tu m'esperes a la porta i ens n'anirem tots dos a ma casa.

De sobte, Conxa Reconxa proposà:

–Amo, i si li tallara el geni a la pertorbada aquesta que no para?

–Tu estigues quieta, que prou mal has fet ja –exclamà Carles.

–Per què no la deixes que prove? –suggerí Adelina.

I el xiquet, que no era capaç de negar-li res a aquella dona tan bondadosa, respongué:

–Bé, d'acord, però vés amb compte, no siga cosa que...

La tisora, però, no el deixà acabar la frase. En un tres i no res es posà a volar com si tinguera ales i, posant-se al costat del cor de la senyora Supergertrudis, va fer uns «xis! xas! xaaas!» amb una mestria inimaginable.

La dona estava tan enfurismada que no va veure res, però de sobte es va desplomar a terra, desmaiada.

Les xiques acudiren de seguida al seu costat, Adelina pegà un bot i s'hi acostà tan de pressa com va poder i Carles, més espantat encara del que estava, va eixir del seu amagatall per reunir-se amb totes cinc. S'encarà amb Conxi i preguntà:

–Es pot saber què li has fet?

–No li deus haver clavat les teues fulles d'acer, veritat? –digué Adelina amb l'ai al cor.

–No li deus haver llançat una maledicció superdolenta? –preguntà Gabriela.

–No li deus haver tallat les venes, ei? –intervingué Àngela.

–No li deus haver punxat el cor, ei, ei? –s'interposà Emmalada.

La tisora els mirà tots cinc amb espant i els contestà:

–Us penseu que he perdut el seny o què? Simplement li he tallat el mal geni. Espereu un poc i ho comprovareu.

I dit i fet. De seguida, la senyora Supergertrudis obrí els ulls. Amb l'ajuda de dues de les xiques, la dona anà incorporant-se lentament. Mirà Àngela i li preguntà:

–Què m'ha passat? Per què estic al jardí? Ah! Ja me'n recorde! Crec que havia vingut a veure com havien quedat el arbres!

La senyora Supergertrudis alçà la vista i, com si els descobrira per primera vegada, exclamà picant de mans:

–OOOHHH!!! Quina originalitat! On és el jardiner més guai del Paraguai?

Les serventes es miraren les unes a les altres amb un gest de sorpresa enorme. Què li havia passat a aquella dona egoista de geni infernal?, es preguntaven totes quatre.

Carles, que, per si de cas, s'havia amagat darrere d'Adelina, va eixir de l'ombra d'aquell gran

cos amb timidesa i, amb la tisora ben guardada a la butxaca, digué:

–Sssssóc ací, senyora.

–Oh, criatureta enginyosa! Vine, vine que et faça una superabraçada.

I, davant del ulls incrèduls de les minyones, la senyora Supergertrudis li va fer una abraçada.

En acabar es dirigí a les quatre dones i amb un somriure nou de trinca els digué amb una amabilitat desconeguda fins al moment:

–Au, vinga! Que açò hem de celebrar-ho! Feu bona cosa de xocolate per a berenar. I tu, Adelina, que no tindràs pastissos per a acompanyar-lo?

Ho celebraren al menjador de convidats. La senyora Supergertrudis va xarrar pels colzes, va riure bona cosa i fins i tot els digué que tothom treballava massa en aquella casa.

–A partir d'avui mateix us donaré un jornal: un dia treballat, un dia cobrat, que així s'ha de fer, i tu, Carles, dormiràs a l'habitació que hi ha al costat de la cuina, que les quadres estan fetes per als animals i no per a les persones.

Aquella vesprada, en acabar de berenar, les quatre fadrines van rebre una moneda d'argent com a jornal i amb els ulls com llunes se la van guardar a la butxaca del davantal.

I quan la senyora Supergertrudis es va retirar al seu dormitori, la tisora, eixint de la butxaca de Carles, li digué:

–Tu veus, amo, com era de fàcil? Li he tallat el mal geni i ara la tenim més suau que la seda.

La nova Supergertrudis

La notícia del que havia passat aquella vesprada a la casa gran es va estendre pel poble com una taca d'oli. Homes i dones no s'ho podien creure. Allò que Adelina i les altres xiques contaven semblava un desig de bona voluntat:

–...Diuen que la senyora Supergertrudis li va fer una abraçada al nou jardiner.

–Una abraçada?

–Sí, com ho sents.

–Això no m'ho crec, jo. És una bruixa que no ha tingut un gest amable ni amb sa mare.

–Que sí, dona, que m'ho ha dit Emmalada!

–I això, a sant de què?

–Ui, perquè li va agradar molt com havien quedat els arbres de l'entrada.

–Vols dir?

–Sí, filla, sí.

–I dius que també convidà les xiques a berenar?

–A berenar.

–Abans açò era inimaginable!

–I ara resulta increïble!

–Potser després serà històric!

El que no havien contat Adelina ni tampoc les altres xiques, però, era el veritable motiu del canvi d'actitud de la senyora de la casa.

Mentrestant, Carles i Conxa Reconxa es trobaven al dormitori que els havia disposat la cuinera, seguint les ordres de l'ama de la casa. El xiquet acariciava la seua amiga i li comentava el que li havia proposat Adelina mentre ordenava l'habitació. La dona, amb un posat una mica apesarat, li havia dit abans d'acomiadar-se'n:

–Carles, reiet, jo havia pensat que... que potser t'agradaria vindre-te'n amb nosaltres, amb el meu marit i amb mi, a casa... i que podríem viure els tres com una família... La casa no és massa gran, però encara em sobra una habitació, xicoteta però ben neta i amb un llit que fa goig, esperant que tu l'ocupes.

El xiquet la mirà i de seguida va comprendre que aquella dona de cara bondadosa li estava oferint allò que ell mai no havia tingut, allò que ell sempre havia desitjat. Li va fer un somriure i, amb els ulletes que li ballaven, li preguntà:

–Ho diu de veritat? I el seu marit hi estaria d'acord?

–Clar que hi està! No veus que sempre hem volgut sentir la veu d'un xiquet a casa?

Carles no va poder reprimir l'alegria i li va fer una abraçada, la primera que feia en la seua vida: i el caliu dels braços de la dona aferrant-li el cos el van fer estremir-se. Quantes voltes no havia desitjat aquesta realitat en el món dels somnis! Amb l'emoció en el cos i una mena de nus a la gola, tots dos començaren a xarrar d'anar-se'n immediatament, però el xiquet, recordant la bona voluntat que havia mostrat tenir l'ama de la casa, comentà:

–Potser seria millor que em quedara aquesta nit ací, no siga cosa que la senyora Supergertrudis es moleste, i ara que li ha canviat el caràcter...

Adelina, molt a contracor, li donà la raó i acordaren que l'endemà parlarien amb la senyora per a dir-li-ho.

–Quan sigues a casa no necessitaràs fer de jardiner per a ningú, fill meu, i quan sigues més gran ajudaràs a qui es convertirà en ton pare.

S'acomiadaren amb una nova abraçada i Carles es quedà a soles amb la tisora.

–No m'ho puc creure! No em puc creure que ara tindré uns pares que m'estimen...

–Hum! –exclamà Conxi–. I es pot saber a qui li deus tal honor, amo?

–Què vols dir? –preguntà el xiquet amb ingenuïtat.

–Ui, amo! De vegades sembles una mica bleda, eh? El que vull dir és que tot li ho deus a una servidora, Conxa Reconxa, la tisora més superguai de tots els mons, eh?

–A tu?

–Ei, veges! Qui va ser la que et va animar a vindre ací, eh?

–Sí, tens raó. A més, si no haguera estat per tu, no sé què hauria fet amb els arbres, és veritat.

I, amb un «he! he!» de satisfacció, la tisora es va quedar d'allò més satisfeta.

La visita

L'endemà, quan Gabriela, Adelina, Àngela i Emmalada arribaren al treball, la senyora Supergertrudis anava taral·lejant per la casa, la qual cosa les deixà completament estupefactes. Tots els anys que tenien, mai no havien sentir dir que aquella dona cantussara.

L'ama, quan les va veure, els digué el bon dia amb un somriure d'orella a orella i els preguntà si es trobaven bé i, amb una amabilitat desconeguda fins aquell moment, els demanà:

–Vinga, xiquetes! Mentre Gabriela i Àngela m'ajudeu a posar flors per la casa, Emmalada i

Adelina aneu preparant algunes pastes per als convidats. Ja sabeu que arribaran a casa a l'hora de berenar i, a més d'impressionar-los pels meus jardins, també vull que sàpien com sou de bones en la cuina...

Ajudar...? Bones...? Aquelles eren paraules noves en el vocabulari de la senyora... Ja no en tenien cap dubte; Conxa Reconxa havia fet un bon treball: tallat el mal geni; només li quedava bondat.

El dia va passar de manera agradosa. Els crits d'altres dies havien desaparegut, i els havien substituït paraules amables i somriures espontanis. Com d'agradable era treballar en un ambient així.

Quan els visitants de la ciutat estiraren la corda de la campaneta, fou la senyora Supergertrudis qui va eixir a rebre'ls en persona. Els obrí la porta, els saludà l'un darrere de l'altre i els convidà a fer un passeig pels jardins.

A penes advertir els arbres de l'entrada, aquelles persones, avesades a veure espècies vegetals extraordinàries, plantes exòtiques, es quedaren bocabadades, meravellades:

–Oh! –exclamà un.

–Oh! Oh! –cridà un altre.

–Oh! Oh! Oh! –repetiren uns quants.

–Superoh! –digué el més alt, que tenia fama de dir sempre l'última.

La senyora de la casa, contentíssima, els explicà de seguida que tot havia estat obra del nou jardiner, que...

–...tot i ser una criatura, es veu de sobra que és molt creatiu. Jo només li vaig dir que havia de podar els arbres i, ja han vist vostés el resultat tan artístic del seu treball.

I els visitants, amb l'entusiasme que els eixia per les orelles, començaren a exclamar:

–És fabulós!

–És únic!

–És fabulosúnic!!

–És excepcional!

–És extraordinari!

–És excepcionalextraordinari!

I la senyora de la casa somreia complaguda.

–Estimada amiga, que no em deixaries la teua joia de jardiner un parell de dies per podar els meus arbres? Seria l'admiració de la ciutat! –li demanà un dels convidats.

–I a mi també!

–Jo també el vull...

–I jo, i jo!

I així, un darrere de l'altre, els convidats li anaren demanant els serveis de Carles.

La senyora Supergertrudis els digué que no era possible i que havien de continuar veient el jardí, que per això eren allí.

Després de fer una volta, aquelles persones van seure al voltant de la taula per assaborir les pastes tan bones que la cuinera havia estat preparant durant el matí.

Al final del berenar i per no sentir-los més, hagué de presentar-los Carles, que, davant dels afalagaments dels presents, no gosà dir més que:

–No, si jo no he fet res... El mèrit es únicament de la meua tisora, Conxa Reconxa.

Les seues paraules van ser rebudes amb riures bondadosos, tot interpretant que venien d'un xiquet excessivament modest.

Quan els convidats abandonaren la casa, Carles considerà que havia de contar-li tota la veritat a l'ama, i així ho va fer. Aquesta no s'ho volia creure fins que el xiquet, agafant la tisora, digué:

–Per demostrar-li-ho, anirem al jardí i li donarem l'ordre que vosté vulga.

Amb les quatre criades al darrere, eixiren als jardins i la senyora Supergertrudis demanà que tallara de manera original les branquetes d'una tanca.

Conxi, expectant i callada fins aquell moment, preguntà a Carles:

–Ei, amo. Què vols que faça?

–Ja ho has sentit. Fes una obra d'art amb la tanca que tenim ací davant.

La senyora Supergertrudis, en sentir la veu de l'artefacte, pegà un crit dels que ensordeixen els que tenen al costat i, si no arriben a agafar-la les fadrines, hauria caigut a terra fent un PLOF! colossal.

Conxa Reconxa començà el treball amb els seus xas-xas-xas! ara per ací, ara per allà. Faenejava amb una rapidesa tan gran que resultava impossible seguir-la.

Un instant després es plantà davant l'ama i li digué:

–Ei que m'ha quedat fantàstic, senyora?

–OH! És extraordinari! –exclamà la dona amb un filet de veu.

–UAU! I MEGASUPERGUAU! –cridaren les fadrines alhora.

–Ps! Ps! –digué Carles per tal de provocar una mica la seua amiga.

La veritat, però, és que a tots els presents els eixien els ulls de la cara. Allò que contemplaven era magnífic. La tanca del jardinet s'havia convertit en un castell amb torres, amb merlets, amb finestres grans i menudes... No li faltava cap detall, tot estava perfecte.

Recuperades de la impressió, Gabriela, Adelina, Emmalada i Àngela, dirigint-se a la tisora, iniciaren un seguit de lloances que van aconseguir que es tornara roja, mentre que la senyora Supergertrudis, com si no sabera dir cap altra cosa, repetia com un lloro:

–Fabulós! Més fabulós! Superfabulós! Fabulosíssim!

Un final feliç

Quan tothom es va asserenar, la senyora Supergertrudis digué:

–Ningú no ha d'assabentar-se que tenim una tisora tan superespecial. I tu, Carles, et quedaràs per sempre a treballar per a mi.

–A bona hora! –es va sentir una veu.

Va ser aleshores que la cuinera aprofità l'avinentesa per a comentar-li que Carles se n'aniria a viure amb ella.

Carles també li manifestà que Conxa Reconxa era massa valuosa per a amagar-la de tot el món. Així mateix, li confessà que, precisament, havia sigut ella qui li havia canviat la seua manera de ser i li va explicar, fil per randa, com s'havia produït la transformació.

–Això és superfabulós! –comentà la senyora Supergertrudis–. La superveritat és que jo no em recorde de res. Em trobe com si mai no haguera estat de supermala gaita.

–Millor així –comentà Conxa Reconxa–, que ara té un posat d'allò més súper, súper i resúper que tant repeteix vosté.

La dona va riure i, dirigint-se a Carles, digué:

–Tot i que m'agradaria que et quedares a casa, m'alegre que te'n vages amb Adelina. Ella és més superjove i podrà tindre cura de tu millor que no jo. Amb tot, voldria demanar-te un favor.

–Vosté dirà, senyora –li contestà el xiquet.

–Com que ara ja no estaràs sol, m'agradaria que em deixares la supertisora. Total, a ella tant li farà tindre una ama que un amo, no?

–Ah!, no! –exclamà l'afectada–. D'això, res. El meu amo és Carles i jo aniré on ell vaja. Això podríem fer, que jo em separara del meu amo!

Carles, més tou que una merenga, agafà Conxa Reconxa i li va fer un beset. Supergertrudis va somriure. En el fons de la seua ànima li agradava tanta fidelitat, i de colp, va enyorar no tindre algú que es mostrara tan lleial amb la seua persona, tot i que havia observat que Lulú, el gat que tenia a casa, ja no li fugia com abans.

La dona es quedà pensarosa, com abstreta. Els altres l'observaven sense atrevir-se a badar boca. Llavors demanà a Carles que li fera el favor de quedar-se a sa casa fins dissabte a migdia, quan la cuinera acabara el seu treball, amb l'excusa de podar la resta dels arbres dels jardins.

–I, si no és abusar massa, m'agradaria que, de tant en tant, tornàreu a visitar-me i de passada...

–I de passada, xis-xas, xis-xas –interrompé Conxi–, que li arregle el jardinet, ei que sí?

Tothom esclafí a riure.

–Sí. La veritat és que sí. No puc resistir-me a pensar que ja mai no podré comptar amb tu. Tot el que toques ho supertransformes.

El xiquet i la tisora es miraren i, amb un somriure indulgent, Carles li digué que li farien companyia fins dissabte i que, independentment d'anar qualsevol dia per a visitar-la, el divendres de cada setmana hi anirien tots dos per tal d'arreglar-li el jardí.

Dissabte a migdia, Carles tornà a agafar el seu farcell amb les poques pertinences que tenia i, agafat per la mà de la cuinera, emprengué el camí cap a la que seria des d'aquell dia la seua casa.

Miquel, l'home d'Adelina, els estava esperant a la porta del carrer. Nerviós, mirava i remirava el camí per on havien d'arribar la dona i el xiquet. Els veïns i les veïnes, assabentats de tot, l'animaven i el felicitaven.

Miquel era un home bo. No era massa gran, ni massa gros, ni tampoc massa prim ni massa baixet, ni massa bell ni massa lleig: però era un home que treballava amb il·lusió cada dia, que sempre tenia una paraula amable per a tothom, que cantava quan estava núvol i que parlava amb les criatures del camp.

Quan va entreveure Adelina i Carles agafats per la mà, se li posà un nus a la gola. Com estava d'emocionat! Se'ls acostà i, abans que la dona pronunciara una paraula, Miquel li digué al xiquet:

–Ja veuràs com serem bons amics.

Li agafà el farcell i li va prendre la mà.

Després de dinar i d'imaginar el que podria ser una vesprada de tertúlia tranquil·la tots tres, començaren a tocar, toc-toc, a la porta de casa. Eren alguns i algunes joves, xiquets i xiquetes que volien que la tisora els tallara els cabells, que tenien pressa per sentir-se diferents i originals. Volien mirar-se a l'espill i considerar-se únics en el món mundial.

–Mira que és gros això! És que no sabeu que els caps de setmana són per a descansar? –els digué Adelina ben molesta.

–A mi m'és igual. Si el meu amo m'ho mana, jo faré el que siga –digué de sobte Conxa Reconxa.

Les cares dels visitants canviaren de seguida. El desencís provocat per les paraules de la dona va ser substituït per un goig colossal.

Adelina, al principi, es quedà sense saber què fer, però, reaccionant quasi immediatament, es dirigí a Carles i li preguntà amb la mirada per la seua decisió.

El xiquet féu un somriure i digué:

–Aquesta vesprada no hi ha res més important per a mi que quedar-me amb vosaltres.

La tisora féu un hum! una mica enfadós, Adelina exclamà un «ai, el meu xic!» i Miquel no pogué evitar fer un gran somriure de satisfacció.

Amb tot, Carles digué als visitants intempestius que dilluns al matí es dedicaria a rebre les persones que volgueren algun servei de la seua Conxa Reconxa.

–Ah! –exclamà el xiquet quan Adelina estava a punt de tancar la porta–. Necessitaré algun lloc que no siga esta casa per a poder atendre-us!

–Això està fet –contestà una xicota molt decidida.

I així va ser. Aquell cap de setmana, mentre Carles i els seus pares adoptius es dedicaven a parlar, a passejar i a conéixer-se, la gent jove del poble aconseguí habilitar un xicotet local de l'ajuntament. L'ordenaren, el pintaren i l'endreçaren amb un estil d'allò més modern perquè estiguera en consonància amb aquella tisora tan especial.

Arribà el dilluns i Conxa Reconxa s'ho passà superbé tallant i retallant els cabells dels joves que es van atrevir a anar-hi. Carles l'observava amb atenció i, com que era un xiquet molt espavilat,

de seguida començà a intervindre en el quefer de la seua amiga.

Carles i Conxa Reconxa arribaren a formar un bon equip; la tisora s'embalava sense adonar-se'n i Carles, més prudent, la frenava de tant en tant. La notícia de la seua originalitat cresqué com l'escuma i, a poc a poc, començaren a arribar-hi persones d'altres poblacions.

Amb el temps, la tisora, a més de tallar els cabells de les persones unes vegades i d'esculpir el fullam dels arbres unes altres, s'introduí en el món de la moda. Conxi tallava uns vestits d'allò més estrambòtics i Adelina, que es deixà l'ofici de cuinera, els cosia a la perfecció. La veritat era que, fera el que fera aquell artefacte màgic, sempre acabava triomfant. Les seues accions es convertien en una successió d'èxits.

Malgrat l'alegria de tothom, Conxa Reconxa anà perdent a poc a poc el seu entusiasme, fins que una nit, després que la família haguera sopat, Carles li digué amb preocupació:

–Vols dir-me què et passa?

–A mi? A mi... no em passa res... –li contestà–. Si l'amo està content, jo, la seua servidora, estaré contenta.

–No em vingues amb romanços i fes el favor de dir tot el que portes amagat.

–No, és que.. és que ...

–Què? –preguntà el xiquet, impacient.

–És que m'avorrisc com una sargantana dins una ampolla.

–Que t'avorreixes? Però si no pares un moment!

–Ja ho sé, amo, però... m'agradaria canviar d'ofici, fer alguna cosa amb més profit i no sé què és, comprens?

–No t'entenc.

–És igual.

Tot just en aquell moment Miquel comentà:

–Doncs ja em podries tallar el meu mal d'esquena, ja, que per a mi seria molt profitós, senyoreta.

Conxa Reconxa, en sentir-lo, pegà un bot com si fóra una granota i, col·locant-se tot just al costat de l'orella esquerra de Carles, li digué molt contenta:

–Em dónes permís, amo?

–Ja saps que no el necessites.

La tisora es dirigí cap a Miquel i començà a fer voltes i més voltes tancant i obrint les fulles d'acer tot fent un soroll una mica especial fins que es va detindre en l'aire i li preguntà:

–Com anem, col·lega? Ei que ja no et fa mal res de res?

Miquel, tocant-se el cap amb una gest d'incredulitat, deia i repetia:

–És veritat! És veritat! Ja no em fa mal l'esquena! Açò és extraordinari, és fabulós i serà llegendari!

Tots van riure ben contents i, especialment, Conxa Reconxa, que saltava i cabriolava com si fóra un saltimbanqui. De sobte, es quedà quieta i amb una serietat desconeguda fins aquell moment, els digué:

–Amo! Adelina! Miquel! Crec que ja he trobat la dedicació que també a mi em farà feliç de veritat.

–I quina és aquesta dedicació? –preguntaren els tres alhora.

–D'ara en avant em dedicaré a tallar aquelles coses que fan infelices les persones.

Miquel, Adelina i Carles es miraren i amb un gest de satisfacció li digueren:

–Serà la millor dedicació del món.

L'endemà mateix, Carles, que tenia una lletra preciosa, va fer un cartell per penjar-lo a la porta de casa que deia així:

A qui li interesse, es fa saber que Conxa Reconxa, la tisora més superguai, es dedicarà a tallar malalties com:

–Mal de cap.
–Mal humor.
–Tristor.
–Irritabilitat.
–Debilitat.
–Desconsideració.
–Por.
–Aflicció.
–Sofriment.
–Inquietud...

Conten i reconten que, afortunadament o malauradament, a la tisora mai no li va faltar feina, tot i que, també s'ha de dir, de tant en tant tancava la consulta i se n'anava a fer algun tall de cabell descabdellat.

ÍNDEX

Altres títols en la mateixa col·lecció

Contes amb tinta blava
Ferran Bataller
Dibuixos de Roberta Bridda
ISBN: 978-84-9824-098-6
«El Micalet Galàctic», 121
Sèrie Roja

Pau té un ofici ben curiós: escriure històries per a fer que la gent siga feliç, un objectiu que no sempre és fàcil d'aconseguir. Per sort, té la complicitat del gos Misteri, el seu amic inseparable. Del bolígraf amb tinta blava de Pau naixeran un munt de contes: el de l'home dels esternuts, el del tramvia Avaria, el de l'home de la son...

Altres títols en la mateixa col·lecció

Fil que penja
Maria Dolors Pellicer
Dibuixos de Josep Ferrer
ISBN: 978-84-9824-057-3
«El Micalet Galàctic», 122
Sèrie Roja

Qui s'endinse en aquesta història descobrirà que Bufa no és una gata corrent. I no sols perquè espanta els ratolins amb cançons desafinades, o perquè es fa amiga d'un gos, o perquè ajuda a resoldre el misteri de les botifarres desaparegudes... Si vols saber per què, estira del fil d'aquestes històries. Bufa és molta Bufa!

L'hivernacle del terror
de Jenny Nimmo
Dibuixos de David Roberts
ISBN: 978-84-9824-071-9
«El Micalet de Por», 1
A partir de 10 anys

Alguna cosa s'amaga al fons del jardí, i Daniel ho sap. L'hivernacle està ple de plantes estranyes i, tanmateix, el seu avi sembla misteriosament feliç quan està allà dins, alimentant-les amb pocions secretes. Però uns fets inquietants ho canvien tot. Primer desapareix l'àvia Green sense deixar rastre i, després, el gosset Stanley. Qui serà la pròxima víctima? Daniel està convençut que l'hivernacle està relacionat d'alguna manera amb les desaparicions. Però com podrà demostrar-ho si el terror no li permet entrar-hi?

L'herència maleïda
de Jan Mark
Dibuixos de David Roberts
ISBN: 978-84-9824-163-1
«El Micalet de Por», 2
A partir de 10 anys

La família de George Bassett està encantada perquè ha heretat una gran quantitat de diners. Però, quan menys s'ho esperen, arriba una carta d'uns parents llunyans que desconeixien. Sir Gilbert Bassett-Milne i la seua família són molt acollidors, excepte el malvat Bertie, qui revela a George un secret espantós. Durant segles, una sinistra maledicció, la de l'Ombra dels Bassett, persegueix els fills majors de la família. I George n'és el primogènit...